那一場南法居遊，像是一種非得去完成的招喚，

不斷地在心願裡被提起……

Le Rêve

那部兩個女生交換房子的電影，從紐約的大房
子與英格蘭小屋子的邂逅，叫什麼電影來著？
一下子想不起來。

電影是看多了，白日夢也的確作了不少，然而
白日夢想要成真也不是毫無希望，堅定的信念
總有一天會回報給妳，比方我的法國小屋夢。

註：《戀愛沒有假期》（The Holiday）。

整路上待了兩間小屋。

截然不同的格調，兩個完全不同的旅行故事。

亞普小屋

親親

「親幾下？等下要親幾下？」

「快點告訴我，他走過來了！」媽媽小聲卻略帶緊張地問。

「我怎麼知道，我又不是法國人！」爸爸不知所措、閃躲地回答。

　　於是媽媽一把將爸爸推向前，讓他先去當擋箭牌，屋主剛從鎮上回來，買了兩瓶玫瑰紅酒送給我們表示歡迎，順便送上「左邊一下、右邊一下、左邊再一下」的法式親吻。之後每天的第一次見面，都不免來上一場。

以亞普為中心向盧貝隆山區的上方延伸，是我們前半段的計畫，落腳的小屋，是個法國家庭旁的小房子，儘管臨近主人的家，卻還是可以獨立烹煮、盡情慵懶。

要帶菜嗎？還是帶酒？

男主人是喜歡畫畫兼設計師的法國男人，女主人是二十年前從紐西蘭遠嫁法國的俏護士，真巧，跟 JJ 可說有點地緣關係。

男主人的爸爸是位老爺爺，擁有的葡萄酒莊就在我們小屋的上方，聽說一人每天兩瓶起跳是他們家裡的常態，畫畫的男主人常常一早便是微醺模樣，不曉得幾點便開始「品酒」？

女主人 Julian 熱情地邀請我們過去她家坐坐，留下話語說「晚上 7:00 Apéritif」，我們猶豫地想，要帶一盤菜嗎？還是要帶酒呢？晚上七點應該是吃飯時間吧？好巧不巧，星期日的亞普鎮上，沒有一家店開門營業，就連想買瓶紅酒也是開天窗，不好意思也尷尬地，一家四口兩手空空地登門拜訪。

庭園的桌上擺滿 finger food，自家釀的紅酒、茴香酒、果汁豐富地擺上桌邊，爺爺與屋主的朋友共十幾個人一起參與，爺爺用流利的英文跟 JJ 談起了法國的政治，這一聊，就過了一個多小時，桌上的小點幾乎見盤底了，還不見晚餐上桌。媽媽有些著急，擔心孩子肚子餓了，忙給爸爸 JJ 使眼色。

Mia，餓了的孩子，毫不客氣地直接大聲問：「Where is the rice？」
還好酒精的作用讓爸爸媽媽的臉頰早已泛紅，掩飾了不好意思。

原來，「Apéritif」並不包含正式晚餐，那晚，學了一課，法國人，吃飯前戲落落長。

Fion's Note

Apéritif ＝傳統法式餐前小酌。

小房子

小房子的確很小，得攀著窄小的樓梯通往二樓的房間，樓梯是男主人自己設計的，使用起來的心得只能說「乾脆用繩子拉上去還快一點！」

但到了晚上，一家四口還是決定要一起睡在二樓，儘管得打地鋪。夜晚的微風舒緩了悶熱的天氣，睡不著的媽媽望著水藍色落地窗外的滿天星斗，第一次和法國的星星這麼靠近，白天被陡峭的旋轉樓梯搞得烏煙瘴氣的情緒，都在每個晚上，被星星安慰了。

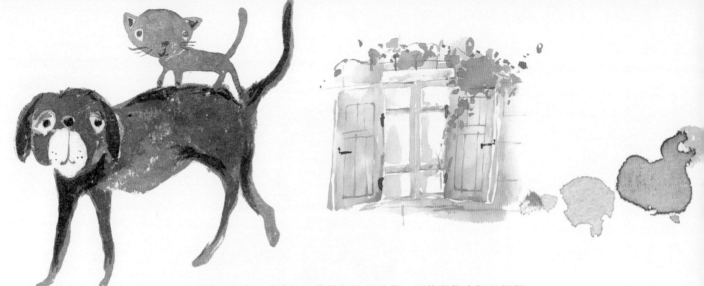

Marie 是屋主養的大狗，咪咪是一隻棕色的長毛貓，兩隻動物大概是想認識新朋友，連晚上都想上來一起聊天看星星。怕貓的媽媽在其中一個夜晚，被咪咪舔腳趾頭到驚聲尖叫。結果從那晚開始，星星就此被隔在窗外。爸爸因而生氣地決定要養一隻貓，來讓媽媽練習貓膽。

儘管每天都要親親、每天都要小心樓梯、還要躲貓，離開的那天，Marie 在門外搖尾巴轉圈圈，還是讓我起了點不捨。畢竟，習慣之後，一切都好。

Marie，看這邊，跟 Mia 和 Lulu 拍照！

快門聲再度在耳邊響起，開始憶起那個不合邏輯的旋轉樓梯。

盧馬杭小屋 把好的留在最後

JJ 用他敏銳的方向感，從亞普開下來到盧馬杭後，還在是否走對路的遲疑之間，草綠色窗扇從網路上平面的照片變成立體，已經真實地佇立在我眼前，尚在調整呼吸，我有些急促地開了車門走下去，腳板走在碎石子上的沙沙聲響傳到耳裡，我確定我真的來到，久盼的南法小屋。旅程，把最好的留在最後，看起來是作對了選擇。

非常幸運，剛好有別組客人取消訂房，我們得以在旺季承租這間位在盧馬杭／我所鍾情的雜貨藝術村裡的房子，這也成了讓旅程加分的大事件。

灰藍色斑駁的長型餐桌兩側，是竹編木製的鄉村風餐椅；書桌前、大片落地老鏡和餐廳的兩幅落地大畫，讓小屋的格調顯得華麗大氣；迷你的客廳小而溫暖，很適合放假的時候，懶懶地窩著看電影，房間裡一片亞麻色的淨白，床罩是南法知名的繡被，市集逛上一圈通常都會遇見。隔著輕薄的白色紗簾望出去，是前庭盈綠花園和掛在樹上的白色吊床，房間裡的鑄鐵老椅子與掛鉤，儘管生鏽掉漆卻是我心儀的況味，新舊混搭的輕法式家居，有沒有那麼剛好？怎麼每一樣都對味到心坎裡面。

一開始因為太過興奮導致錯亂的心跳已稍稍平
復，JJ在旁邊一副驕傲模樣說：「妳老公很瞭
解妳吧！我就知道妳會喜歡這個房子，為妳租
的為妳租的！」我恭敬地彎下腰、面容靦笑，
深深地獻上一鞠躬表示我的感謝，心裡也縈繞
著我曾經在婚禮說過一句話：「我的視野都是
你給我的。」

沒有特別想出遠門，大概是因為小屋子的舒適溫暖讓人鬆懈下來，我們每個晚上都趁著孩子睡後，端詳屋子裡的法式細節、並聊起對我們未來家園的祈想，我想要它是徹底法式溫柔的模樣。

前庭院的花園，鑄鐵桌前的碩大錫桶，種植了幾盆茂盛的薰衣草及迷迭香，花園折椅隨性地擺著，無意間也散發出令人放鬆的愜意感，常常就這麼坐了下來，手心摸摸迷迭香的小枝，沾沾泥土的香氣；而說到後花園，又是截然不同的風景。戶外桌子是用廢棄的老門板當桌面，上面還鑲著鑄鐵的五金鎖頭，繞一圈花園，櫻桃樹才剛過了結果期，晶亮的紅色櫻桃只剩下乾枯的果核，葡萄樹上累累的紫色珠寶一串串，摘一顆放進嘴裡，嘿！好清甜，蘋果樹、橡果樹上都有青綠色的果實寶寶，迷戀果子樹的媽媽，輕盈地半走半跳，不禁愉快地哼起歌來。

鎮上的教堂傳來整點的鐘響，媽媽閉上
眼睛聆聽，鎮上小鋪、畫廊，浮光掠影
穿過眼前，全都是預料之外的美徑氣息。

古董蕾絲店鄰居

剛從公路轉下來，轉彎抵達小屋前，會先看到讓我心跳加快的禍首，是位
於小屋旁的鄰居。一間有著寬敞庭院、溫暖黃光的古董蕾絲店——
La Cousine des Lilas。

門庭前隨性擺放的老水罐和大南瓜，像是迎賓的小不點，院子裡剛好有條
細小河流穿越，帶來細細水流聲響，綠色庭院的右邊是赭綠色的小店兼工
作室，左邊是店主的居家。

"Bonjour Madame!"
"Bonjour!"

我們輕聲招呼後，又藉著蕾絲
上的花樣、古董亞麻布上的繡
線，比手畫腳的全都想盡情表
達對古董布品的愛戀心情。所
以你說，旁邊有這樣的鄰居、
心怎能不慌。

La Cousine des Lilas

小店裡擺滿各式各樣保存良好的古董蕾絲，老闆娘利用這些來自貴族婚禮的穿著，或貴族家庭流傳下來的古董蕾絲布品，巧手縫出各式各樣的古典衣裳、桌巾、收藏盒，這裡的古董亞麻布品質也很不錯。她總是有辦法找到保存良好的古董布品，聽說日本許多古董蕾絲店的商品，都是來自她在法國到處搜集、幫忙採買的典藏品。

每天出門到鎮上晃晃，兩腳總不聽使喚地又繞進她的小鋪，實在有點不好意思，但還是幾乎每天光臨。

La Cousine des Lilas
La Maison d'Ame-chemin de la Fabrique
84160 Lourmarin
Tél : 04 90 68 84 03

寻找自己的
南法小屋

除了飯店民宿，普羅旺斯亦有許多房子提供短期租借，多半以一周七天的承租
方式計算。先查看想要的日期是否還有空房，有的可以直接寫信給屋主，有的
是經由仲介公司聯絡。

8/16 Row 55.1102
七月再來 🏠 紅色的房8.

Lavande

Rose - L'Occitane - Valensole.
薰衣草田

(Sont aswell.)

8/17 Fontain - de - vaucluse
春秋望去 🏠 Oustale

8/15 Aix en Provence
8/15 Apt. -
　　　- Farm house. 1 week.

　　- Apt. - Villars 🏠
　　　- St - Saturmin - les - Apt.
　　　- Rustrel.
　　　- Viens.

Fion's Note

homeaway
http://www.homeaway.com.au/holiday-rental/p813986
＊ Fion 的小屋編號為 #813986，位於南法盧貝隆山區，此網站可依照自己想住的地區來搜尋

vrbo
http://www.vrbo.com/vacation-rentals/europe/france/provence

8/16 Gordes 🏠🏠🏠 好戒房8.

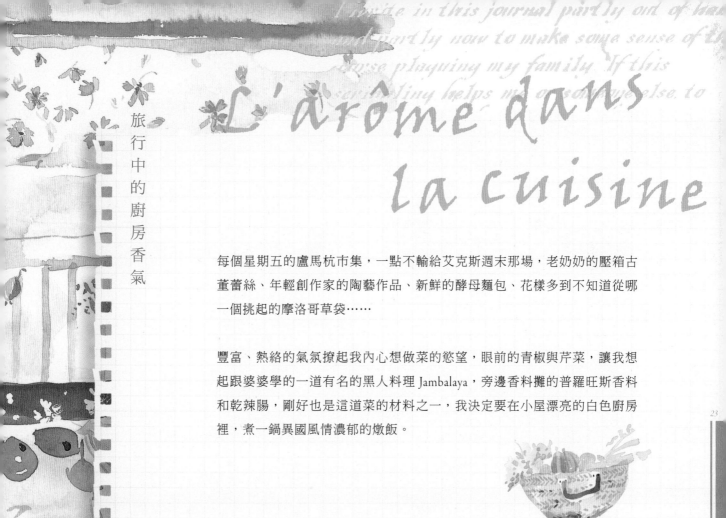

旅行中的廚房香氣

每個星期五的盧馬杭市集，一點不輸給艾克斯週末那場，老奶奶的壓箱古董蕾絲、年輕創作家的陶藝作品、新鮮的酵母麵包、花樣多到不知道從哪一個挑起的摩洛哥草袋……

豐富、熱絡的氣氛撩起我內心想做菜的慾望，眼前的青椒與芹菜，讓我想起跟婆婆學的一道有名的黑人料理 Jambalaya，旁邊香料攤的普羅旺斯香料和乾辣腸，剛好也是這道菜的材料之一，我決定要在小屋漂亮的白色廚房裡，煮一鍋異國風情濃郁的燉飯。

23

準備

4 茶匙
葵花油

8 瓣大蒜
切碎

100g
黑胡椒煙燻香腸或
西班牙 Chorizo 乾辣腸

4 根芹菜
切小段

2 茶匙
paprika 香料

匈牙利紅椒粉
大紅但不很辣

450g 草蝦
切 3cm 小塊

4～5 片
月桂葉

1 顆洋蔥
切碎

1 小段
紅辣椒

若小孩怕辣
則不用放

450g
義大利米／一般白米

4～5 枝
百里香

沒有新鮮的
就用乾燥的

1 顆青椒
切細條

450g
雞肉切塊

1200ml
雞高湯

1 茶匙
奧勒岡香料

青蔥、鹽巴、黑胡椒

依自己口味調整

看到這裡，就懶得做了吧！
備料真的好麻煩，不過好好吃。
請繼續加油……

做法

1. 倒入葵花油熱鍋，將辣腸塊煎炒至表面微焦，並放入 paprika 炒香。

2. 加入切碎的大蒜，煮 30 秒，再加入洋蔥、青椒、芹菜、辣椒，中火煮 3 分鐘。

3. 加入雞肉、蝦子、月桂葉、奧勒岡香料、翻炒 5 分鐘。

4. 加入義大利米／白米，翻炒 2 分鐘，加入雞高湯和一小匙鹽巴，煮到微滾。

5. 蓋上鍋蓋，悶煮 15 分鐘直到水分吸收完，米飯變軟。

6. 盛盤時可再加入些許青蔥

我用芹菜葉替代
也很好吃

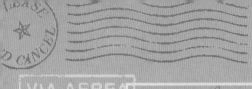

— Au Revoir —

離開了南法、離開了台北，2011年聖誕節後，帶著存放在心裡的南法記憶，和在台北的人們、書店、熟悉的種種，放不下也得放下的一切，決定陪著孩子來到南半球陌生的這裡，展開我們的新生活。

其間不時靠著翻閱南法山城的照片，閉上眼睛回想那段日子的美好，試著分散一點搬遷不適的心情，想像自己是在新環境裡，展開一段如同南法之旅般的長時間旅行，希望不順遂的新生活因而得到一些抒解。

那一場南法居遊，像是一種非得去完成的招喚，不斷地在心願裡被提起，也像是離開台北前收到的一個大禮物。

Cafés
Chocolat,
Pâtes
et Sirops.

—————— 葡萄樹 ——————

照片裡的南法印象，像是身體裡的電池，一天一點點，支撐著我在新生活裡的前進。最後一個落腳的地方，也是最念念不忘的小屋，那裡的後花園裡除了櫻桃樹、蘋果樹，就屬葡萄樹讓我最想念。一心嚮往著能和葡萄樹住在一起的願望，從南法，像是早就安排好了似地，延續到了紐西蘭。

我笑自己，這葡萄樹像是我用「享受寂寞」去換來的禮物，遠離了朋友、割捨了工作，換來這一山正由翠綠轉成紅紫色的山葡萄，結實累累，可愛的模樣讓人忘記了憂愁和寂寞。

花園裡，植物的轉變，每天都提醒了我在生命的其他領域裡，還有許多可以成長的可能。朋友也提醒我說，所有的安排都是好安排，只是需要再走遠一點才能遇見禮物。

藉由山葡萄的延續牽引，每天的在南半球的這裡練習新生活，一天一點壯大自己。

手裡熨燙著從南法蕾絲店鄰居那裡，帶回來的古董亞麻桌巾，心裡頭隱隱又起了一段對山城的思念，美村裡的斑駁石牆、爬滿樹藤的城堡與老窗、蜂蜜色的富饒市集、還有說不完的山城傳說與神話。

感覺上輩子的家是南法，這輩子的家是台北。我們鑽進咖啡館，在咖啡香和雜誌書裡充氧且調整呼吸頻率；我們坐飛機／換電車／搭小巴，花時間尋找一間對味的書店；我們也把喜歡的書放進包包裡跟著同行，呼吸不同城市的清澄空氣；轉換與交感之間，我們其實都在「找尋自己」，從晃蕩的過程中慢慢找到自己喜歡的生活方式，從別人的文化反映到自己心裡，無形之間，我們越來越認識自己。

我離開了，但仍繼續藉著擁抱身旁的南法氣息，在生命與生活的過去和未來之間，尋找著來回遊走的自己。

曬南法 INDEX

今天想去哪條街？

生活練習所

03

出發・曬日子

Fion 的南法生活手帖

圖文／攝影───Fion 強雅貞
主　　　編───何曼瑄
編輯／設計───許琇鈞
總　編　輯───黃俊隆
總　經　理───何彩鈴
行 銷 企 劃───賴禹涵、林盈孜
行 政 編 務───施靜沂
出　版　者───自轉星球文化創意事業有限公司
住　　　址───台北市大安區臥龍街 43 巷 11 號 3 樓
電 子 信 箱───rstarbook@gmail.com
電　　　話───02-8732-1629
傳　　　真───02-2735-9768

發 行 統 籌─華品文創出版股份有限公司 02-2331-7103
總 經 銷─大和書報圖書股份有限公司 02-8990-2588
印　　刷─前進彩藝有限公司 02-2225-0085

2012 年 6 月 7 日初版一刷
2013 年 10 月 1 日初版三刷
Published by Revolution-Star Publishing and Creation Co., Ltd.
All Rights Reserved. Printed in Taiwan.

⊠ F I O N

本名強雅貞，1976 年生，臺北人。

著迷 JUNK STYLE 生活物件，玩樂於生活細節與創作之間，2011 年開始經營個人文同名品牌「fion stewart」。兩個孩子的媽媽，新家在紐西蘭。

曾出版《雜貨 talk》、《就是愛生活》、《換個峇里島時間》、《一直往外跑》、《遇見臺北角落》、《臺北・微旅行》，與多本生活風格禮物書。

部落格 www.wretch.cc/blog/fionmama
粉絲團 www.facebook.com/fionstewart

國家圖書館出版品預行編目資料

出發・曬日子：Fion 的南法生活手帖
強雅貞作 – 初版 -- 臺北市：自轉星球文化
2012.06，160 面；20.5 × 14.8 公分
（生活練習所：03）
ISBN 978-986-86839-6-9

855　　　　　　　　　　　　　　101009201

 *jj*

 *Fion*

如果現在正在看這本書的

是曾經跟我一起畫畫的你

I want you to know,

I miss you very much.

———— *fion*

 Lulu

 *Mia*